Vorwort

Sexy Blondinen mit geilen Kurven mögen es heiß. Geiler Bildband. Hier kommt jeder auf seine Kosten!

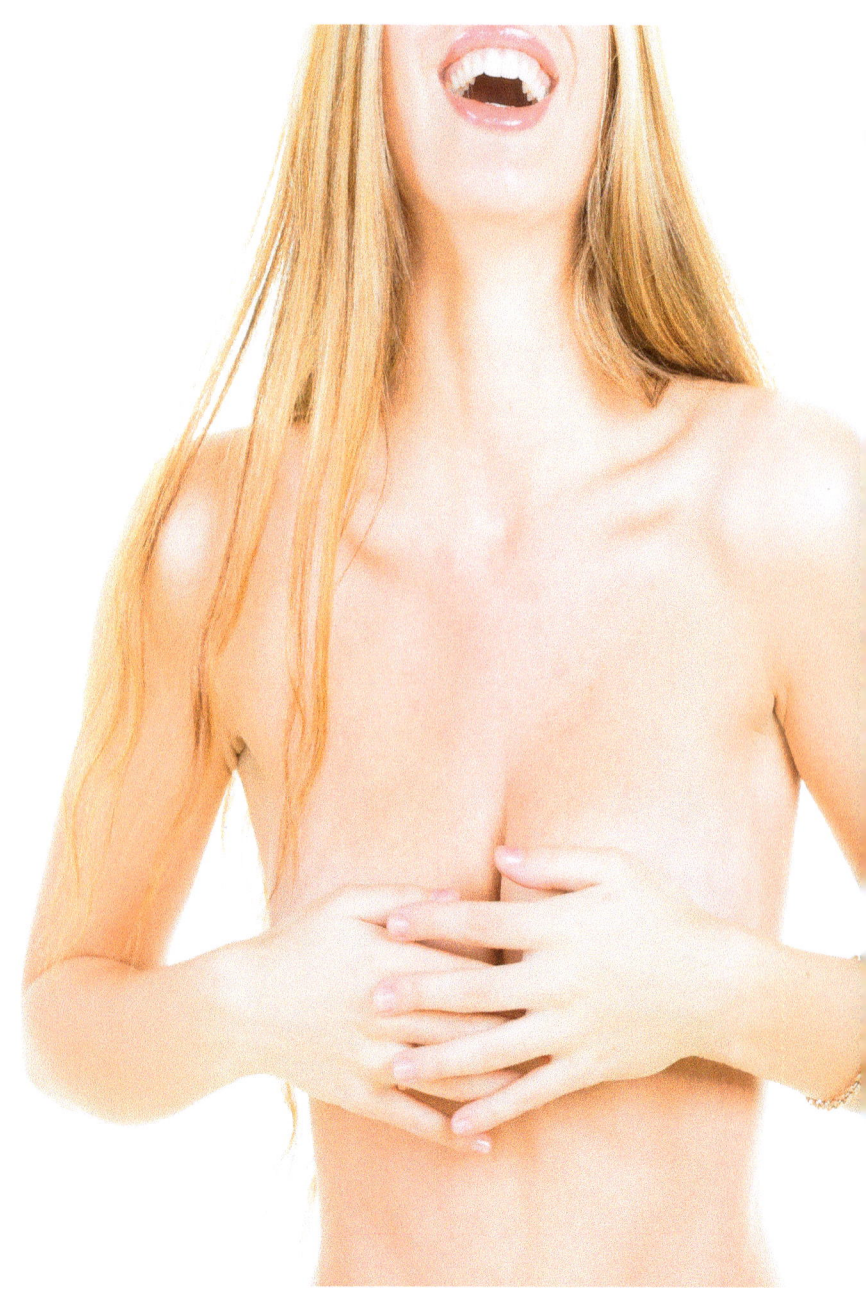

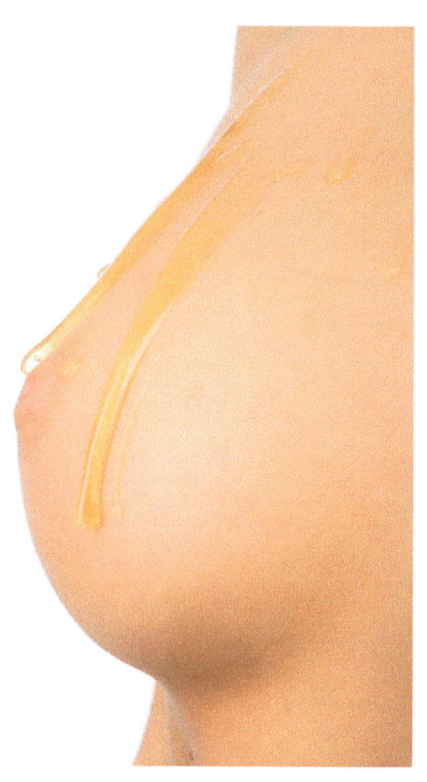

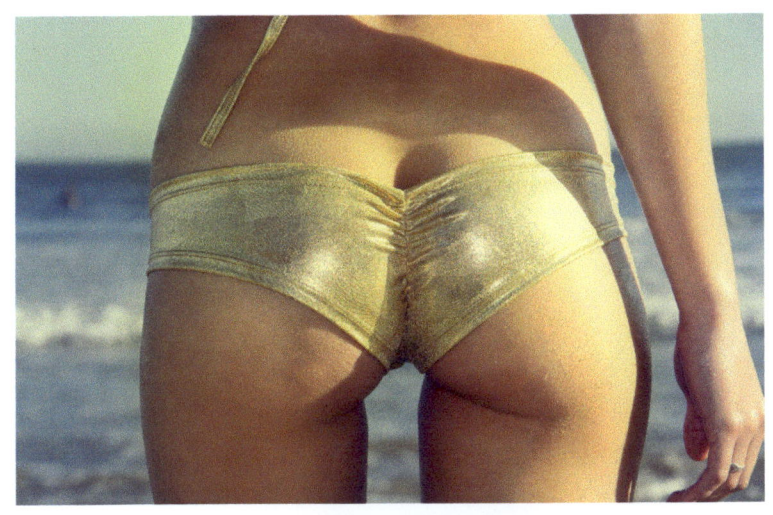

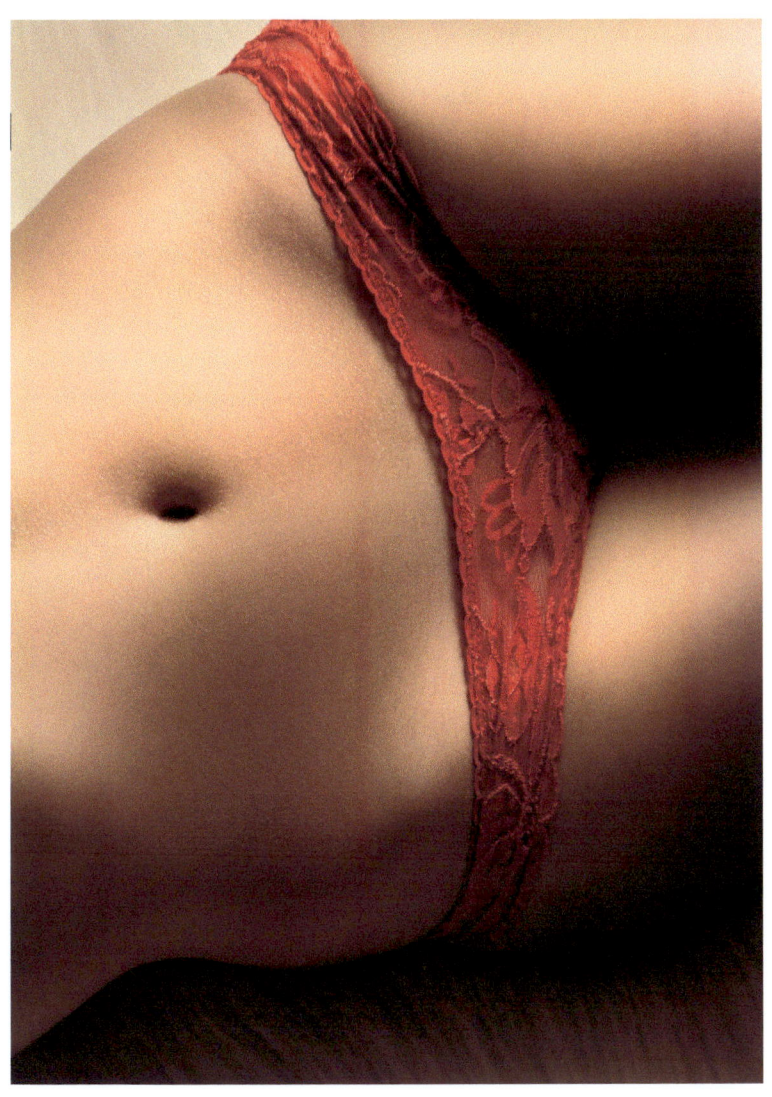

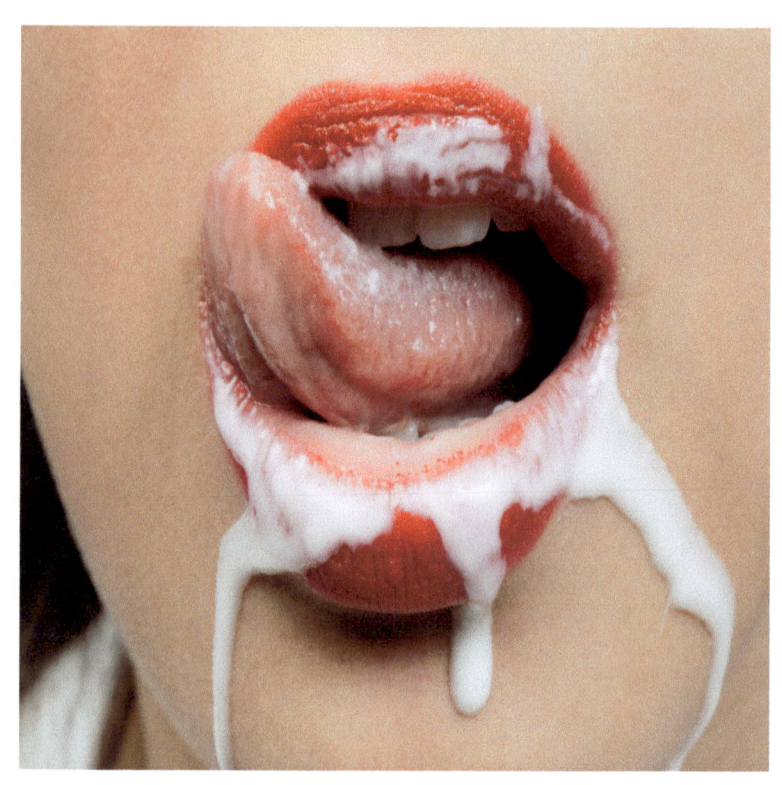

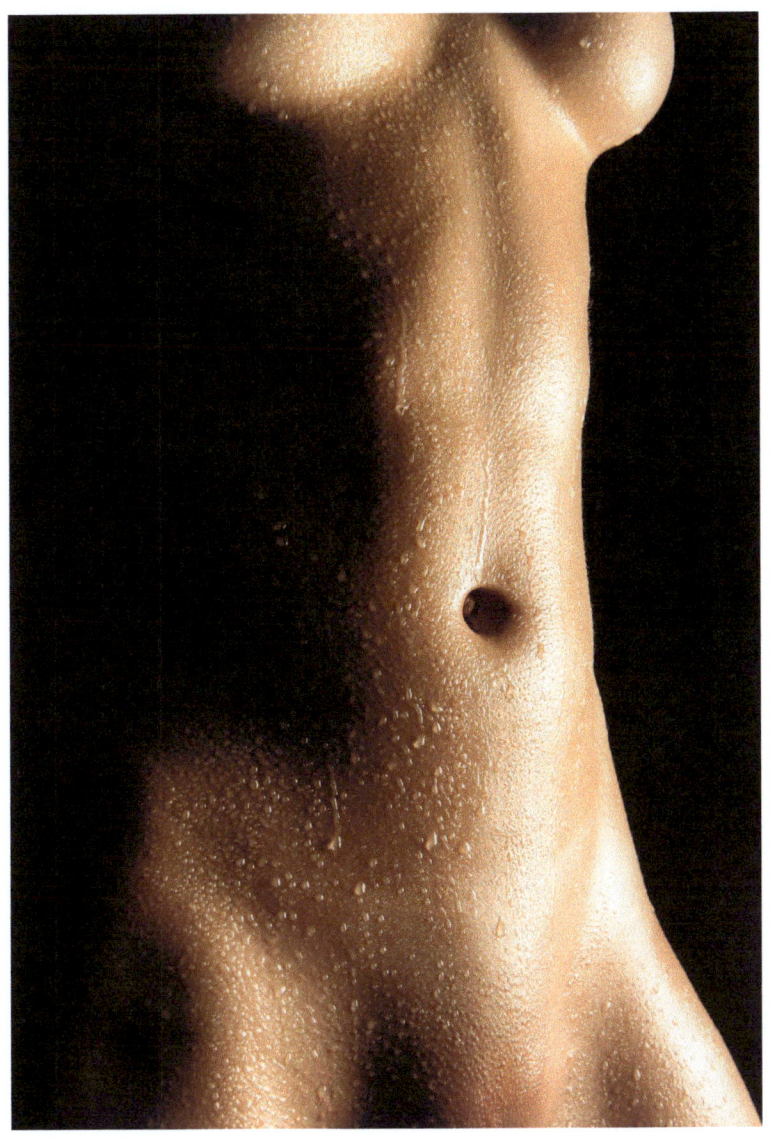

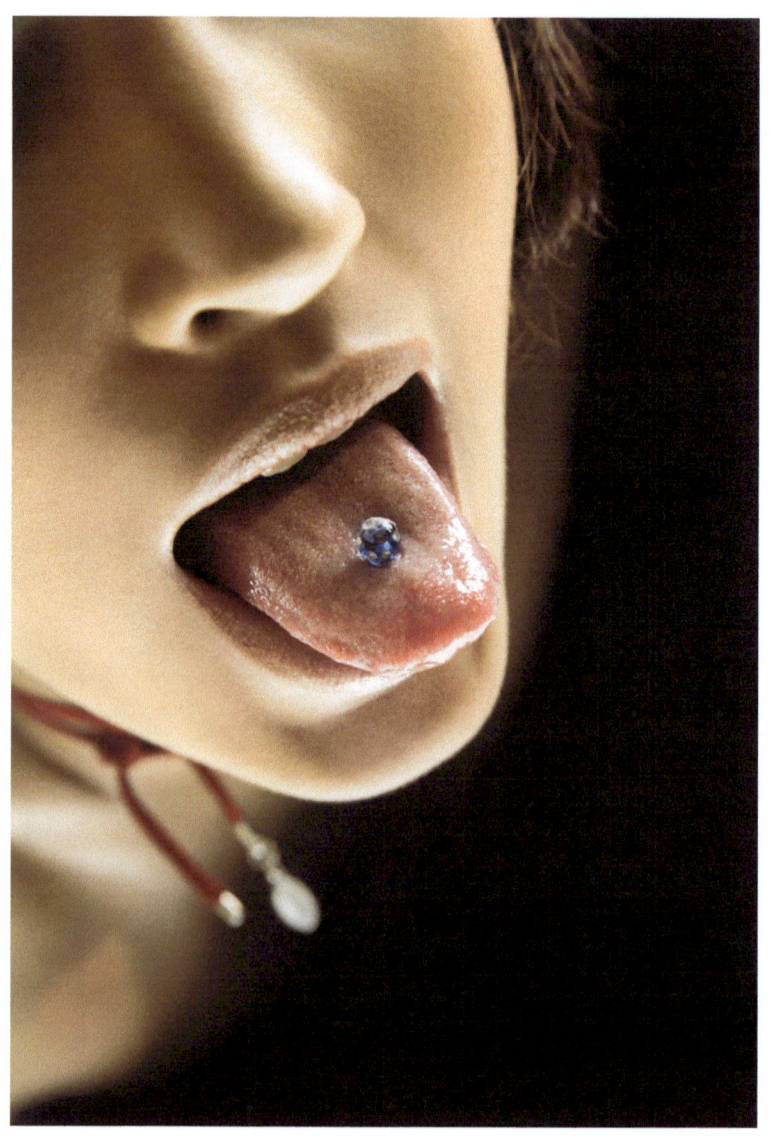

Nachtrag zum Impressum / Copyright

. shutterstock.com
- bikerriderlondon
- Jeff thrower

Herstellung und Verlag:
BoD - Books on Demand, Norderstedt
ISBN 978-3-7386-2241-6